Dans la jungle

Collection dirigée par Lidia Breda

Du même auteur
chez le même éditeur

Le Miracle de saint Jubanus
La plus belle histoire du monde

Rudyard Kipling

Dans la jungle

*Traduit de l'anglais et préfacé
par Thierry Gillybœuf*

Rivages poche
Petite Bibliothèque

Retrouvez l'ensemble des parutions
des Éditions Payot & Rivages sur

www.payot-rivages.fr

Titre original : *In the Rukh*

© 2010, Éditions Payot & Rivages
pour la présente édition
106, boulevard Saint-Germain – 75006 Paris

ISBN : 978-2-7436-2060-8

L'Inde sublimée de Kipling

Pour Charles Zorgbibe.

S'il est bien un personnage qui est indissociable de Rudyard Kipling, au point d'occulter Kim, le héros du chef-d'œuvre éponyme du Prix Nobel de littérature 1907, c'est Mowgli. L'univers à la fois féroce et merveilleux, sauvage et innocent de ce petit d'homme dont le nom signifie « grenouille », parce qu'il était nu comme un batracien quand sa mère louve nourricière l'a trouvé, nous est familier, tant il est vrai que les deux volumes de ses aventures ont établi la célébrité de leur auteur et sont désormais des classiques de la littérature dite pour enfants. Mais si l'on se souvient depuis Italo Calvino qu'un classique est *un livre dont tout le monde parle mais que personne n'a lu*, que savons-nous précisément de cet enfant-loup qui a grandi au milieu des fauves dans la jungle indienne ?

On ignore ainsi, généralement, que sa première apparition, à la fois mystérieuse et naturelle, est antérieure aux deux livres qui l'ont immortalisé. C'est, en effet, sous la forme d'une divinité sylvestre raphaélienne, d'une sorte d'avatar brahmanique de Pan, qu'il surgit littéralement devant Gisborne, l'officier anglais en charge des bois et forêts.

Car un an avant le premier *Livre de la jungle* (1894) et deux ans avant le *Second Livre de la jungle* (1895), Rudyard Kipling rédige et publie « *In the Rukh* », repris dans son recueil *Many Inventions* (1893). Or, la particularité de cette nouvelle est de nous présenter un Mowgli non pas enfant mais déjà jeune homme en âge de se marier. Et il est évident que requis lui-même par l'originalité de son personnage, Kipling va puiser dans la matrice de cette nouvelle pour imaginer l'enfance de Mowgli, dont il dessine ici les contours.

Les histoires d'enfants élevés par des loups étaient courantes en Inde. Mais ce qui différencie Mowgli de ses pairs, c'est qu'il abolit et transcende la frontière entre animalité et humanité. En effet, comme Kipling l'écrit à l'éditrice d'une revue pour enfants, en novembre 1892 : « C'est un enfant-loup (nous en avons en Inde), mais qui, ayant été capturé tôt, a été civilisé. »

Pour autant, contrairement à ce que pourrait laisser entendre cette première évocation de la double identité de Mowgli, le propos de Kipling n'est absolument pas d'affirmer la supériorité d'un monde sur un autre – même si, dans la vie réelle, Kipling n'a pas toujours su éviter cet écueil, fournissant par la même occasion à ses détracteurs des armes simplistes. De fait, l'univers dans lequel évolue Mowgli semble obéir à des lois puissantes et pleines de sagesse, car il n'est rien d'autre qu'une représentation de l'Inde sublimée et, partant, de l'enfance idéalisée. Et c'est sans aucun doute dans ce registre que se trouve la clef du lien particulier qui unit le personnage à son auteur.

Quand Kipling songe pour la première fois à Mowgli, c'est lui-même un jeune homme à peine plus âgé que son héros dans cette nouvelle, qui vient de se marier avec Carrie Balester, de trois ans son aînée, et qui attend la naissance imminente de sa fille aînée, Joséphine. Le jeune couple vient de s'installer dans une maisonnette au confort sommaire, baptisée *Bliss cottage* (« la maison du bonheur parfait »), près de Brattleboro dans le Vermont. Alors qu'un épais manteau de neige recouvre la campagne alentour, Kipling lit *Nadia, the Lily* de son ami Sir Henry Rider Haggard, le père d'*Allan Quatermain*, et au détour d'une phrase qui décrit une meute de loups bondissant aux pieds d'un homme mort sur un rocher, il a soudain la révélation de son héros emblématique, comme il l'explique lui-même :

> Mon bureau faisait sept pieds sur huit et de décembre à avril la neige s'accumulait jusqu'au rebord de la fenêtre. Or il se trouvait que j'avais rédigé une histoire sur les travaux forestiers en Inde où je parlais d'un enfant élevé par des loups. Dans le silence et l'attente de cet hiver 1892 je sentis remonter des souvenirs des lions maçonniques des magazines pour la jeunesse que je lisais enfant, et voici qu'une phrase du roman de Rider Haggard *Nadia, the Lily* (Nadia le lys) se combine avec l'écho de ce récit. L'idée une fois précisée dans ma tête, la plume fait le reste, et je n'ai qu'à la regarder commencer à écrire des histoires sur Mowgli et les animaux qui allaient constituer le *Livre de la jungle*.

Mowgli abrite et incarne l'enfance de Kipling, celle d'avant l'Angleterre et de la « Maison de la désolation » à Southsea, chez les Holloway. En effet, né à Bombay, c'est dans son quartier parsi natal qu'il vécut ses six premières années, avec un sentiment d'infinie liberté, chéri par ses parents, nourri par les récits fantastiques et mythologiques de son *ayah* (nounou) et du serviteur hindou qui veillaient sur lui – si bien que la première langue de Kipling fut l'hindoustani et non l'anglais que lui apprenaient ses parents. Mais les « Anglo-Indiens » installés dans le Raj considéraient toujours l'Angleterre comme leur mère-patrie, et à ce titre, ils craignaient qu'un contact trop prolongé avec les indigènes fissent oublier à leurs enfants la « suprématie » de la race anglaise. Même s'ils étaient indéniablement plus ouverts que leurs compatriotes, les parents Kipling n'en obéirent pas moins à l'usage et, sans informer au préalable le jeune Rudyard et sa sœur cadette Alice, ils embarquèrent pour l'Angleterre. Là, les enfants furent confiés à un commandant de vaisseau à la retraite qui aimait à raconter sa vie sur les océans, et à son épouse, la terrible Mme Holloway. Cinq années d'humiliations, de sévices et de privation d'affection allaient s'écouler avant que les enfants Kipling ne revoient leurs géniteurs.

Même s'il n'en a jamais tenu rigueur à ses propres parents, nul doute que si Kipling a fait de Mowgli un enfant orphelin et trouvé au cœur de la jungle, ce choix est intrinsèquement lié au sentiment d'abandon qu'il a pu lui-même ressentir dans son enfance. Comme le héros des deux *Livres de la jungle*, le jeune Rudyard fut contraint de quitter l'endroit où il avait grandi et où il avait été si heureux. Car la jungle figure l'Inde, tandis que le village des hommes représente l'Angleterre.

Or, c'est là l'un des nombreux intérêts de cette nouvelle peu connue, qui permet d'élucider une partie de l'énigme Mowgli ou, du moins, de proposer une suite diamétralement opposée à celle à laquelle peut faire penser la fin du *Livre de la jungle*. Kipling ne nous dit pas combien d'années son double et héros a passées dans le village des hommes, suffisamment en tous cas pour apprendre à marcher sur deux jambes, parler anglais et connaître le système des castes indiennes ainsi que le gouvernement britannique exercé sur son pays. On peut se plaire à penser qu'il retourna dans la jungle vers dix-sept ans, comme Kipling qui revint en Inde au même âge, faute d'avoir été capable de décrocher une bourse d'études pour Oxford. Son père lui trouva alors un poste à Lahore comme assistant dans un petit journal local, la *Civil & Military Gazette*, où Kipling publiera une quarantaine de nouvelles, réunies bientôt sous le titre de *Simples contes des collines* (1888), qui porte en germe l'univers à la fois sauvage et onirique des *Livres de la jungle*.

Mais avec « Dans la jungle », Kipling propose aussi une vision plus complexe de son pays natal. Il convient de noter au passage que le titre original utilise un terme particulier, le *rukh*, qui désigne une réserve forestière, sans doute plus approprié à l'univers adulte quand le mot *jungle*, par la part de mystère à la fois fascinant et inquiétant qu'il abrite, semble convenir davantage à l'enfance. Loin d'être un récit anecdotique, cette nouvelle nous permet de nous représenter l'Inde telle que la réinventa nostalgiquement Kipling, une Inde où la hiérarchie des races et des espèces s'impose comme une loi naturelle, sans rencontrer de résistance politique. Certes, d'aucuns auraient beau jeu de ne voir là que la confirmation de ce qu'écrivait Orwell à son sujet, pour qui Kipling était un « prophète de l'impérialisme britannique ». Mais « Dans la jungle » brouille volontairement les frontières entre animaux et hommes, indigènes et colons. En entraînant à sa suite, dans la jungle, la fille du maître d'hôtel musulman de Gisborne, qui deviendra sa femme et vivra avec lui au milieu de ses frères les loups, Mowgli transgresse les lois traditionnelles et politiques de la société indienne. Et parce que sa vie au milieu des hommes ne l'aura pas contaminé, il impose alors, par une sorte de force intuitive, la possibilité d'un paradis humaniste.

DANS LA JUNGLE

Les notes sont du traducteur.

Parmi les rouages du service public que le Gouvernement indien a mis en branle, il n'en est pas de plus important que le Département des bois et forêts. Le reboisement de toute l'Inde est entre ses mains... ou y sera quand le Gouvernement aura de l'argent à dépenser. Ses agents luttent avec des torrents de sable errants et des dunes mouvantes, qu'ils clayonnent sur les flancs, endiguent de face et chevillent de la base au sommet avec de l'herbe commune et des branches de pin conformément aux préceptes de

Nancy[1]. Ils sont responsables de tout le bois d'œuvre des forêts domaniales de l'Himalaya, ainsi que des coteaux dénudés que les moissons creusent de rigoles à sec et de ravines à vif, chacune de ces blessures ressemblant à une bouche hurlant tous les maux causés par l'incurie. Ils sacrifient à leurs expériences des bataillons d'arbres étrangers, cajolent l'eucalyptus pour qu'il prenne racine et vont éventuellement jusqu'à tarir la fièvre des canaux. Dans les plaines, leur principale tâche est de veiller à ce que les lignes de pare-feu dans les réserves forestières demeurent déblayées, afin, la sécheresse venue et le bétail affamé, de pouvoir ouvrir en grand ces réserves aux troupeaux des villageois et leur permettre de ramasser le bois mort. Ils étêtent et élaguent pour alimenter, le long des lignes de chemins de fer qui ne brûlent pas de charbon, les piles de combustible.

1. L'École Nationale des Forêts de Nancy, fondée en 1824.

Ils font des calculs à cinq décimales sur le rendement de leurs plantations ; ils sont les médecins et les sages-femmes des immenses forêts de teck en Haute-Birmanie, du caoutchouc des jungles de l'Est et des noix de galle du Sud : et ils sont toujours coupés dans leur élan faute de fonds. Mais dans la mesure où son métier appelle un agent des forêts loin des sentiers battus et des cantonnements réguliers, il finit par en savoir davantage que ce que lui aurait enseigné l'art seul du forestier. Il apprend à connaître les gens et le régime de la jungle, à force de croiser le tigre, l'ours, le léopard, le chien sauvage et tous les cerfs, non pas une ou deux fois après plusieurs jours de battue, mais à chaque pas quand il vaque à son office. Il passe plus de temps en selle ou sous la tente – l'ami des arbres qui viennent d'être plantés, le comparse des frustes *rangers*[1] et des traqueurs velus –

1. Sorte de garde forestier.

jusqu'à ce que les bois, qui attestent des soins qu'il leur prodigue, lui laissent à leur tour son empreinte, qu'il cesse de chanter les chansons grivoises françaises qu'il a apprises à Nancy et qu'il finisse par devenir silencieux parmi les choses silencieuses des sous-bois.

Gisborne, des Bois et Forêts, avait déjà passé quatre années dans le service. Au début, il l'aima sans compréhension, parce qu'il lui offrait des courses à cheval en plein air et une autorité. Ensuite, il l'a détesté furieusement et aurait donné le salaire d'une année contre un mois de cette société que l'Inde a à proposer. Cette crise terminée, les forêts l'ont repris et il était content de les servir, d'approfondir et d'élargir ses lignes pare-feu, d'observer la brume verte que faisaient ses jeunes plantations contre les feuillages plus anciens, de draguer le ruisseau obstrué, de suivre et de soutenir l'ultime combat de la forêt quand elle succombait et mourait parmi l'herbe longue à sanglier. Par une journée sans brise, cette herbe serait brûlée et des centaines de bêtes qui y gîtaient se rueraient pour échapper aux pâles flammes en plein midi. Plus tard, la forêt gagnerait petit à petit du terrain sur le sol noirci, en lignes de plants bien rangés, ce que Gisborne serait content d'observer. Son bungalow, un cottage de deux chambres aux murs blanchis et au toit de chaume, se trouvait à une extrémité du grand *rukh*[1], qu'il dominait. Il ne prétendait pas entretenir un jardin, car le *rukh* refluait jusqu'à sa porte, déferlant sous la forme d'un bosquet de bambous, et de sa véranda, il y pénétrait directement en plein cœur, à cheval, sans avoir besoin de voiture.

Abdul Gafur, son gros maître d'hôtel musulman, le servait à table quand il était à la maison et passait le reste de son temps à cancaner avec la petite troupe de domestiques indigènes dont les cabanes

1. En Inde, le *rukh* désigne une réserve forestière.

se trouvaient derrière le bungalow. Il y avait deux grooms, un cuisinier, un porteur d'eau et un balayeur, et c'était tout. Gisborne nettoyait lui-même ses fusils et n'avait pas de chien. Les chiens effrayaient le gibier, et cet homme appréciait de pouvoir dire où les sujets de son empire buvaient au lever de la lune, mangeaient avant l'aube et se reposaient dans la chaleur du jour. Les *rangers* et les gardes forestiers vivaient dans de petites cabanes là-bas dans le *rukh*, n'apparaissant que quand l'un d'entre eux avait été blessé par la chute d'un arbre ou une bête sauvage. Ici, Gisborne était seul.

Au printemps, le *rukh* poussait quelques feuilles nouvelles, mais restait sec et calme, aussi intact que si le doigt de l'année ne l'avait pas encore effleuré, en attendant la pluie. La seule différence, c'était qu'à cette période on entendait davantage d'appels et de rugissements dans l'obscurité, par une nuit calme : le tumulte de batailles royales entre tigres, le beuglement d'un chevreuil arrogant ou bien le rabot continu d'un vieux sanglier aiguisant ses défenses contre un tronc. À cette époque, Gisborne avait totalement mis de côté son fusil, car c'était un péché pour lui de tuer. L'été venu, pendant les furieuses chaleurs de mai, le *rukh* tournoyait dans la vapeur et Gisborne guettait l'apparition des premières volutes de fumée qui dénonceraient un feu de forêt. Venaient ensuite les pluies dans un mugissement, et le *rukh* disparaissait sous les couches de brume chaude. Les grosses gouttes tambourinaient sur les larges feuilles et on entendait un bruit d'eau courante et de verdure juteuse crépitant sous les assauts du vent. Les éclairs tissaient des motifs derrière l'épais matelas de feuillage, jusqu'à ce que le soleil se déchaîne et que le *rukh* se dresse, des volutes montant de ses flancs tièdes vers le ciel lavé de frais. Puis tout reprenait une couleur tigre sous l'effet de la chaleur et du froid sec. Ainsi Gisborne apprenait-il à connaître son *rukh* et était-il très heureux. Son traitement lui parvenait chaque mois, mais il avait besoin de très peu d'argent. Les billets de banque s'accumulaient dans le tiroir où il conservait les lettres qu'il recevait de chez lui et son sertisseur à cartouches. S'il en prélevait, c'était pour un achat aux Jardins botaniques de Calcutta ou bien pour payer à la veuve d'un *ranger* la somme dont le Gouvernement de l'Inde n'eût jamais admis qu'elle restât due.

Payer était bon, mais la vengeance s'avérait aussi nécessaire et il l'exerçait quand il le pouvait. Une nuit parmi tant d'autres, un coureur vint lui annoncer, hors d'haleine, qu'un garde forestier gisait mort près de la rivière de Kanye, un côté de la tête écrasé comme une coquille d'œuf. Gisborne partit à l'aube à la recherche du meurtrier. Seuls les voyageurs et quelques jeunes soldats par-ci par-là sont renommés dans le monde pour être de grands chasseurs. Les agents des forêts considèrent que leur *shikar*[1] fait partie de leurs tâches quotidiennes et nul n'en entend parler. Gisborne se rendit à pied sur le lieu du crime ; la veuve pleurait toutes les larmes de son corps près du cadavre qui avait été étendu sur un châlit, tandis que deux ou trois hommes examinaient les empreintes laissées dans le sol moite. « Ça, c'est le Rouge », déclara un homme. « Je savais bien que, le moment venu, il s'en prendrait à l'homme, alors que, de toute évidence, il y a suffisamment de gibier même pour lui. Il a dû faire ça par pure mauvaiseté.

– Le Rouge habite dans les rochers derrière les arbres », rétorqua Gisborne. Il savait que le tigre était au-dessus de tout soupçon.

« Non, plus maintenant, Sahib, plus maintenant. Il va rôder et faire des ravages ici et là. Rappelez-vous que le premier meurtre en vaut toujours trois.

1. Partie de chasse.

Notre sang les rend fous. Il est même peut-être derrière nous au moment où nous parlons.

— Il est peut-être allé à la cabane suivante », renchérit un autre. « Ce n'est qu'à quatre *koss*[1]. *Wallah !* qui est-ce ? »

Gisborne se retourna avec les autres. Un homme descendait à pied le lit desséché de la rivière, entièrement nu à l'exception d'un pagne, et coiffé d'une guirlande de panicules floraux de convolvulus blanc. Il faisait si peu de bruit en marchant sur les petits cailloux que même Gisborne, pourtant habitué au pas muet des traqueurs, tressaillit.

« Le tigre qui a tué », commença l'homme sans prendre la peine de saluer, « est parti boire et il dort à présent sous un rocher de l'autre côté de cette colline. » Sa voix était claire, comme le son d'une cloche, totalement différente du ton geignard des autochtones, et son

---

1. Un *koss* vaut entre un et trois miles.

visage, lorsqu'il le leva en plein soleil, aurait pu être celui d'un ange qui se serait égaré dans les bois. La veuve cessa de pleurer au pied du cadavre et regarda l'étranger de ses yeux écarquillés, avant de reprendre de plus belle ses cris et ses pleurs, comme le lui imposait son veuvage.

« Le Sahib veut-il que je lui montre », demanda-t-il simplement.

« Si tu en es sûr... », dit Gisborne.

« On ne peut plus sûr. Je viens juste de le voir il y a une heure... le chien ! Son temps n'est pas encore venu de manger de la chair humaine. Il a encore une douzaine de dents saines dans sa gueule maléfique. »

Les hommes qui s'étaient agenouillés près des empreintes s'éclipsèrent en catimini, de crainte que Gisborne ne leur demande de partir avec lui, et le jeune homme eut un petit rire par-devers lui.

« Viens, Sahib », cria-t-il. Et de tourner les talons pour indiquer la route à son compagnon.

« Pas si vite. Je n'arrive pas à suivre », dit l'homme blanc. « Arrêtons-nous ici. Ton visage est nouveau pour moi.

— C'est possible. Je suis nouveau venu dans cette forêt.

— De quel village es-tu ?

— Je n'ai pas de village. Je viens de là-bas. » Il agita son bras vers le nord.

« Un nomade, alors ?

— Non, Sahib, je n'ai pas de caste et par conséquent, pas de père.

— Comment les hommes t'appellent-ils ?

— Mowgli, Sahib. Et quel est le nom du Sahib ?

— Je suis le garde de ce *rukh* – et je m'appelle Gisborne.

— Quoi ? Est-ce qu'on dénombre les arbres et les brins d'herbe par ici ?

— Parfaitement, de crainte que des vagabonds comme toi y mettent le feu.

— Moi ! Je ne ferai de mal à la jungle pour rien au monde. C'est ma maison. »

Il se tourna vers Gisborne, avec un

sourire irrésistible et leva la main en signe d'avertissement.

« Maintenant, Sahib, nous devons faire un peu moins de bruit. Il n'est pas nécessaire de réveiller le chien, bien qu'il dorme assez profondément. Ce serait peut-être mieux si j'allais seul devant et que je le rabattais sous le vent vers le Sahib.

– Allah ! Depuis quand les tigres sont menés à droite à gauche comme du bétail par des hommes nus ? », s'écria Gisborne, estomaqué par tant d'audace.

Il partit à nouveau de son rire doux. « Non ? Bon, viens avec moi et abats-le à ta façon avec ton gros fusil anglais. »

Gisborne marcha dans les pas de son guide, glissa, rampa, se courba et connut toutes les affres d'une traque d'affût dans la jungle. Il était pourpre et dégoulinait de transpiration quand Mowgli le pria de lever la tête et de regarder par-dessus un rocher bleu, calciné, près d'un minuscule étang sur la colline. Au bord de l'eau, le tigre était étendu de tout son long, en train de nettoyer à coups de langue nonchalants un jarret et une patte avant énormes. Il était vieux, plutôt miteux, assez imposant, et il avait les dents jaunes.

Gisborne ne s'embarrassait pas de faux principes sportifs quand il s'agissait d'un mangeur d'homme. Cette chose était une vermine, qu'il fallait éradiquer aussi vite que possible. Il attendit d'avoir repris sa respiration, posa le fusil sur le rocher et siffla. La tête de la brute se tourna lentement, à une petite vingtaine de pieds de la gueule du fusil, et Gisborne ficha ses deux balles, tout à son affaire, l'une derrière l'épaule et l'autre un peu en dessous de l'œil. À cette portée, les os massifs ne formaient pas de rempart contre la déchirure faite par l'impact des balles.

« De toute façon, la peau ne méritait pas qu'on la conserve », dit-il tandis que la fumée se dissipait et que la bête gisait à l'agonie, en agitant les pattes et en râlant.

« Une mort de chien pour un chien », commenta calmement Mowgli. « C'est vrai qu'il n'y a rien dans cette charogne qui vaille d'être emporté.

– Les moustaches. Tu ne prends pas les moustaches ? », demanda Gisborne, qui savait combien les *rangers* prisaient ce genre de choses.

« Moi ? Est-ce que je suis un *shikarri* de jungle pouilleux pour racler le mufle d'un tigre ? Il n'a qu'à rester là. Voilà déjà ses amis qui rappliquent. »

Un milan en piqué poussa un cri strident au-dessus de leurs têtes, tandis que Gisborne se débarrassait d'un coup sec des cartouches vides et s'essuyait le visage.

« Et si tu n'es pas un *shikarri*, où as-tu appris tout ce que tu sais sur les tigres ? » demanda-t-il. « Aucun traqueur n'aurait pu mieux faire.

– Je déteste tous les tigres », répondit brièvement Mowgli. « Que le Sahib me donne son fusil à porter. *Arré !* C'est un fusil très beau. Et où va le Sahib à présent ?

— Chez moi.

— Je peux venir ? Je n'ai encore jamais vu l'intérieur de la maison d'un Blanc. »

Gisborne retourna à son bungalow ; Mowgli marchait à grandes enjambées silencieuses devant lui et sa peau brune luisait au soleil.

Il regarda avec curiosité la véranda et les deux chaises qui s'y trouvaient, palpa du doigt, avec suspicion, les stores de bambou fendu et entra, en regardant toujours derrière lui. Gisborne détacha un store pour s'abriter du soleil. Il tomba dans un bruit de cliquetis, mais à peine avait-il touché les dalles de la véranda que Mowgli avait fait un bond arrière et se tenait, le cœur battant, à l'air libre.

« C'est un piège », déclara-t-il vivement.

Gisborne éclata de rire. « Les hommes blancs ne prennent pas les hommes au piège. De fait, tu es vraiment un habitant de la jungle.

— Je vois », dit Mowgli, « ça n'a ni mécanisme ni pente. Je... je n'avais jamais vu ces choses-là jusqu'à aujourd'hui. »

Il entra sur la pointe des pieds et écarquilla les yeux en grand en voyant les meubles des deux pièces. Abdul Gafur, qui mettait la table, le regarda avec un profond dégoût.

« Tout cet attirail pour manger et tout cet attirail pour se coucher après avoir mangé ! », s'exclama Mowgli en grimaçant un sourire, « nous faisons mieux dans la jungle. C'est tout à fait merveilleux. Il y a tant de richesses ici. Le Sahib n'a-t-il pas peur qu'on le vole ? Je n'avais jamais vu de choses aussi merveilleuses. » Il observa longuement un plat de cuivre de Bénarès, couvert de poussière, sur une console branlante.

« Seul un bandit de la jungle viendrait voler ici », lâcha Abdul Gafur, en posant bruyamment une assiette. Mowgli ouvrit les yeux en grand et fixa du regard le Mahométan à la barbe blanche.

« Dans mon pays, quand les chèvres bêlent trop fort, nous leur tranchons la gorge », rétorqua-t-il gaiement. « Mais n'aie pas peur. Je m'en vais. »

Il tourna les talons et disparut dans le *rukh*. Gisborne le regarda partir en laissant échapper un rire qui s'acheva en léger soupir. Il n'y avait pas grand-chose, sorti du travail régulier, qui intéressât un agent des forêts, et ce fils de la forêt, qui semblait connaître les tigres comme d'autres connaissent les chiens, serait une distraction.

C'est un gars tout à fait épatant, pensa Gisborne. Il ressemble aux illustrations du Dictionnaire classique. J'aimerais bien l'avoir comme porteur de fusil. Ce n'est pas drôle d'aller *shikarrer* tout seul, et ce gars-là ferait un parfait *shikarri*. Je me demande qui ça peut bien être.

Ce soir-là, il resta assis sur la véranda sous les étoiles, à fumer et à s'émerveiller encore. Des volutes de fumée montaient du foyer de la pipe. Quand elles se dissipèrent, il se rendit compte que Mowgli était assis les bras croisés au bord de la véranda. Un fantôme n'aurait pas fait moins de bruit en se faufilant jusqu'ici. Gisborne sursauta et en laissa tomber sa pipe.

« Il n'y a pas d'homme avec qui parler dans le *rukh* », déclara Mowgli. « Je suis donc venu ici. » Il ramassa la pipe et la rendit à Gisborne.

« Oh ! », dit Gisborne, et après une longue pause : « Quelles sont les nouvelles dans le *rukh* ? As-tu trouvé un autre tigre ?

— Les *nilghai*[1] changent de pâture pour la nouvelle lune, comme c'est leur coutume. Les sangliers mangent près de la rivière Kanye désormais, parce qu'ils ne veulent pas manger avec les *nilghai*, et une de leurs laies a été tuée par un léopard dans l'herbe haute en amont. Je ne sais rien de plus.

— Et comment sais-tu tout cela ? »

---

1. Autre nom de l'antilope Nilgaut, sorte de bovidé qu'on rencontre en Inde.

demanda Gisborne, en se penchant en avant et en regardant ces yeux qui brillaient à la lueur des étoiles.

« Comment ne le saurais-je pas ? Le *nilghai* a ses us et coutumes, et un enfant sait que le sanglier refusera de manger avec lui.

— Moi, je l'ignore », répondit Gisborne.

« Tchk ! Tchk ! Et tu as la charge... à ce que m'ont dit les hommes des cabanes... la charge de tout ce *rukh*. » Il rit dans sa barbe.

« C'est facile de causer et de raconter des histoires à dormir debout », rétorqua Gisborne, piqué au vif par ce petit rire, « et de dire qu'il s'est passé ceci ou cela dans le *rukh*. Personne ne peut te contredire.

— Pour ce qui est de la carcasse de la laie, je te montrerai ses ossements demain », répliqua Mowgli, absolument imperturbable. « En ce qui concerne les *nilghai*, si le Sahib veut bien rester assis tranquille ici, je lui en rabattrai un jusqu'ici, et en écoutant bien attentivement les bruits, le Sahib pourra dire d'où ce *niglhai* a été rabattu.

— Mowgli, la jungle t'a rendu fou », déclara Gisborne. « Qui peut rabattre un *nilghai* ?

— Tranquille, reste assis tranquille. J'y vais.

— Mon Dieu, cet homme est un fantôme », se dit Gisborne, car Mowgli s'était fondu dans l'obscurité sans faire le moindre bruit. Le *rukh* se déployait en grands plis de velours dans le miroitement incertain de la poussière d'étoiles — si calme que la moindre bise errant parmi les cimes des arbres montait comme le souffle d'un enfant dormant paisiblement. Abdul Gafur, dans la cuisine, s'affairait dans un grand vacarme de vaisselle.

« Fais moins de bruit à l'intérieur ! » cria Gisborne, avant de se recueillir pour écouter comme un homme habitué au silence et au calme du *rukh*. Il avait pour coutume de conserver dans l'isolement le respect qu'il avait de lui-même, de s'habiller chaque soir pour dîner, et sa respiration régulière faisait craquer le plastron amidonné de sa chemise blanche, jusqu'à ce qu'il change légèrement de position. Puis, le tabac de sa pipe un peu encrassée se mit à ronronner et il la jeta loin de lui. Désormais, à l'exception de la brise nocturne dans le *rukh*, tout était muet.

À une distance inconcevable et s'attardant dans les ténèbres insondables, montait l'écho faible d'un hurlement de loup. Puis ce fut de nouveau le silence, qui sembla durer de longues heures. Pour finir, alors que ses jambes avaient perdu toute sensibilité en dessous des genoux, Gisborne entendit quelque chose qui pouvait passer pour un bruit de branches brisées au loin, dans les broussailles. Il eut des doutes jusqu'à ce que le bruit se répète plusieurs fois.

« Cela vient de l'ouest », marmonna-t-il, « il y a quelque chose qui bouge là-bas. » Le bruit augmenta — un fracas après l'autre, une ruée après l'autre — accompagné de l'épais grognement d'un *nilghai* serré de près, fuyant dans sa terreur panique, sans faire attention où il mettait les pieds.

Une ombre émergea lourdement d'entre les troncs d'arbres, fit demi-tour, puis se retourna à nouveau en grognant et, dans un bruit de sabots sur le sol nu, fonça presque à portée de sa main. C'était un *nilghai* mâle, dégoulinant de rosée, un morceau de liane accroché à son garrot, ses yeux brillant à la lumière de la maison. La créature s'arrêta net en voyant l'homme et s'enfuit en longeant le *rukh* avant de se fondre dans l'obscurité. La première pensée qui traversa l'esprit désorienté de Gisborne, ce fut l'indécence qu'il y avait à débusquer ainsi, pour l'exhiber, le gros buffle bleu du *rukh* — à le faire déguerpir à toute allure dans cette nuit qui aurait dû lui appartenir.

C'est alors qu'une voix douce lui dit à l'oreille :

« Il est venu de la source de la rivière où il menait sa harde. Il est venu de l'ouest. Le Sahib croit-il à présent ou bien dois-je lui amener toute la harde à compter ? Le Sahib a la charge de ce *rukh*. »

Mowgli avait repris sa place sur la véranda, à peine essoufflé. Gisborne le regarda bouche bée. « Comment est-ce possible ? », demanda-t-il.

« Le Sahib a vu. Le taureau a été mené... mené comme un taureau. Ho ! Ho ! Il aura une belle histoire à raconter quand il rejoindra sa harde.

— C'est un truc nouveau pour moi. Tu peux donc courir aussi vite que le *nilghai* ?

— Le Sahib a vu. Si le Sahib a besoin d'en savoir plus long, à n'importe quel moment, sur les déplacements du gibier, moi, Mowgli, je suis ici. C'est un bon *rukh*, et j'y resterai.

— Reste donc, et si tu as besoin d'un

repas, à n'importe quel moment, mes domestiques t'en serviront un.

— Oui, c'est vrai, j'adore la nourriture cuite », s'empressa de répondre Mowgli. « Personne ne peut dire que je ne mange pas d'aliments bouillis ou rôtis aussi bien qu'un autre homme. Je viendrai pour ce repas. À présent, de mon côté, je promets que le Sahib dormira en toute sécurité dans sa maison la nuit, et qu'aucun voleur ne s'y introduira pour emporter ses si riches trésors. »

La conversation s'arrêta d'elle-même avec le brusque départ de Mowgli. Gisborne resta assis longtemps à fumer, et ses pensées l'amenèrent à la conclusion qu'il avait enfin trouvé, dans ce Mowgli, ce *ranger* et ce garde forestier idéal que le Département et lui cherchaient depuis toujours.

« Il faut que, d'une façon ou une autre, je le fasse entrer au service du Gouvernement. Un homme qui peut rabattre un *nilghai* doit en savoir davantage sur le *rukh* que cinquante hommes. C'est un véritable miracle... un *lusus naturæ*[1]... mais il faut qu'il devienne garde forestier, à condition qu'il veuille bien se fixer quelque part », se dit Gisborne.

L'opinion d'Abdul Gafur était moins favorable. Il confia à Gisborne, au moment de se coucher, que les étrangers venus de Dieu sait où avaient de très fortes chances d'être des voleurs professionnels et que, personnellement, il désapprouvait ces hors-castes dévêtus qui ne possédaient pas la bonne manière de s'adresser aux Blancs. Gisborne éclata de rire et le pria de regagner ses quartiers ; Abdul Gafur se retira en grommelant. Plus tard, en pleine nuit, il trouva le moyen de se lever et de rosser sa fille âgée de treize ans. Personne ne connaissait la cause de la querelle, mais Gisborne entendit les cris et les pleurs.

Les jours qui suivirent, Mowgli allait

1. Une ruse de la nature.

et venait comme une ombre. Il s'était installé, lui et son foyer sauvage, tout près du bungalow, mais à la lisière du *rukh*, où Gisborne, en sortant sur la véranda pour prendre un bol d'air frais, pouvait le voir assis parfois au clair de lune, le front sur les genoux, ou bien allongé sur une branche incurvée, enlacé autour d'elle comme un animal nocturne. Mowgli lui adressait de là un salut et lui souhaitait bonne nuit, ou bien il en descendait pour venir broder des histoires prodigieuses sur les us et coutumes des bêtes du *rukh*. Une fois, il s'aventura dans les écuries et on le surprit en train de contempler les chevaux avec beaucoup d'intérêt.

« Voilà une preuve irréfutable », déclara formellement Abdul Gafur, « qu'un de ces jours il en volera un. Pourquoi diable, s'il habite aux alentours de cette maison, ne prend-il pas un emploi honnête ? Mais non, il préfère vagabonder de-ci de-là comme un chameau en liberté, faire tourner la tête aux imbéciles et, par sa folie, faire bâiller les imprudents à s'en décrocher les mâchoires. » Partant, chaque fois qu'ils se croisaient, Abdul Gafur donnait des ordres sans ménagement à Mowgli, lui demandait d'aller chercher de l'eau ou de plumer la volaille, et Mowgli obéissait, sans se départir de son rire insouciant.

« Il n'a pas de caste », disait Abdul Gafur. « Il va faire n'importe quoi. Faites bien attention, Sahib, à ce qu'il n'en fasse pas trop. Un serpent reste un serpent, et un vagabond de la jungle reste un voleur jusqu'à son dernier jour.

— Tais-toi un peu », rétorquait Gisborne. « Je te permets de corriger ton petit monde pourvu que ça ne fasse pas trop de bruit, parce que je connais tes us et coutumes. Mais toi, tu ignores les miens. L'homme est sans aucun doute un peu fou.

— Beaucoup moins fou qu'il n'en a l'air », répondait Abdul Gafur. « Mais nous verrons bien ce qu'il adviendra. »

Quelques jours plus tard, ses affaires appelèrent Gisborne dans le *rukh* pendant trois jours. Abdul Gafur, qui était vieux et gras, dut rester à la maison. Il refusait de coucher dans les cabanes des *rangers* et avait tendance à prélever, au nom de son maître, des contributions en céréales, huile et lait auprès de ceux qui n'avaient guère les moyens de se permettre ce genre de largesses. Gisborne partit à cheval un matin dès l'aube, un peu contrarié de ce que son homme des bois ne se soit pas trouvé sous la véranda pour l'accompagner. Il l'aimait bien, il aimait sa force, sa rapidité, son pas silencieux, son grand sourire toujours prêt à s'épanouir, son ignorance de toutes formes de cérémonie et de salutations et les contes au charme enfantin qu'il se plaisait à raconter (et Gisborne leur accordait désormais du crédit) sur les faits et gestes du gibier dans le *rukh*. Au bout d'une heure de chevauchée dans la verdure, il entendit un bruissement derrière lui : Mowgli trottait à hauteur de son étrier.

« Nous en avons pour trois journées de travail », déclara Gisborne, « avec les nouveaux arbres.

— Très bien », répondit Mowgli. « C'est toujours bien de choyer les jeunes arbres. Ils serviront de couverture si les bêtes les laissent tranquilles. Nous allons devoir détourner les sangliers encore une fois.

— Encore une fois ? Comment ça ? » sourit Gisborne.

« Oh ! ils fouinaient et bêchaient au milieu des jeunes *sal*[1] la nuit dernière, et je les en ai chassés. C'est pour ça que je ne suis pas venu à la véranda ce matin. Il ne faut absolument pas que les sangliers viennent de ce côté-ci du *rukh*. Nous devons les maintenir en aval de la source de la rivière Kanye.

— Pour peu qu'un homme soit capable de mener des nuages, il peut aussi faire ça, mais, Mowgli, si, comme tu le dis,

---

1. Le *sal* ou *sâla* est un grand arbre d'Asie du Sud.

tu es pâtre dans le *rukh* sans rémunération ni gain...

— C'est le *rukh* du Sahib », répondit Mowgli, en levant vivement les yeux. Gisborne remercia d'un signe de tête et poursuivit : « Est-ce que ça ne serait pas mieux de travailler contre rémunération du Gouvernement ? Il y a une pension à la fin d'un long service.

— J'y ai déjà pensé », répondit Mowgli, « mais les *rangers* vivent dans des cabanes avec des portes closes, et tout ça pour moi, ça n'est ni plus ni moins qu'un piège. Mais je pense que...

— Alors, réfléchis bien et tu me donneras ta réponse plus tard. Nous allons rester ici pour le petit déjeuner. »

Gisborne mit pied à terre, prit son repas du matin dans ses fauconnières et se rendit compte qu'il allait faire chaud dans le *rukh*. Mowgli était couché dans l'herbe à côté de lui, et contemplait le ciel.

Peu après, il murmura, nonchalamment : « Sahib, est-ce qu'on a donné l'ordre aujourd'hui au bungalow de sortir la jument blanche ?

— Non, elle est vieille et grasse, et en plus elle boite un petit peu. Pourquoi ?

— On est en train de la monter en ce moment, et à bon train, sur la route qui mène à la ligne de chemin de fer.

— Bah ! c'est à deux *koss* d'ici. Ce n'est qu'un pic-vert. »

Mowgli se protégea les yeux du soleil avec l'avant-bras.

« La route décrit une grande courbe à partir du bungalow. Cela ne fait pas plus d'un *koss*, au maximum, à vol d'oiseau, et le son vole comme les oiseaux. Nous allons voir ?

— Quelle folie ! Faire un *koss* sous ce soleil pour aller voir un bruit dans la forêt !

— Non, le cheval est le cheval du Sahib. Je voulais juste l'amener ici. Si ce n'est pas le cheval du Sahib, pas d'importance. Si c'est son cheval, le Sahib peut faire ce qu'il veut. Je suis sûr qu'on la mène sans ménagement.

— Et comment veux-tu l'amener ici, espèce de fou ?

— Le Sahib a oublié ? Par le chemin du *nilghai*, et par aucun autre.

— Alors ! debout et cours, si tu es aussi zélé.

— Oh ! je ne vais pas courir ! » Il tendit la main pour faire signe de se taire et, toujours couché sur le dos, il lança trois appels à voix haute, en poussant un long cri gargouillant qui était nouveau pour Gisborne.

« Elle va venir », finit-il par déclarer. « Attendons-la à l'ombre. » Les longs cils s'abaissèrent sur les yeux sauvages de Mowgli, qui commençait à s'assoupir dans le silence matinal. Gisborne attendit patiemment. De toute évidence, Mowgli semblait fou, mais il était le compagnon le plus agréable et le plus intéressant qu'un agent des forêts solitaire ait pu souhaiter.

« Ho ! Ho ! » s'exclama languissamment Mowgli, les yeux fermés. « Il a désarçonné. Eh bien ! la jument arrivera d'abord et l'homme après. » Puis il bâilla, tandis que l'étalon de Gisborne hennissait. Trois minutes plus tard, la jument de Gisborne, sellée, bridée, mais sans cavalier, fit irruption dans la clairière où ils étaient assis et courut rejoindre son camarade.

« Elle n'est pas trop chaude », déclara Mowgli, « mais par cette chaleur, la transpiration vient facilement. Nous n'allons pas tarder à voir arriver son cavalier, parce qu'un homme va plus lentement qu'un cheval, surtout si, par le plus grand des hasards, il est gros et vieux.

— Allah ! C'est l'œuvre du diable ! » s'écria Gisborne, en bondissant sur ses pieds, car il avait entendu un hurlement dans la jungle.

« N'aie crainte, Sahib. Il ne sera pas blessé. Il va dire lui aussi que c'est l'œuvre du diable. Ah ! Écoute ! Qui est-ce ? »

C'était la voix d'Abdul Gafur, au comble de l'effroi, criant à des choses inconnues de l'épargner, lui et ses cheveux gris.

« Non, je ne peux pas faire un pas de plus », hurla-t-il. « Je suis vieux et j'ai perdu mon turban. *Arré ! Arré !* Mais je vais avancer. Oui, oui, je vais me dépêcher. Je vais courir ! Oh ! Démons de la Géhenne, je suis un musulman ! »

Les broussailles s'écartèrent et laissèrent place à Abdul Gafur, sans turban ni chaussures, la ceinture défaite, de la boue et de l'herbe plein ses poings serrés, et le visage pourpre. Il vit Gisborne, hurla à nouveau et se jeta à ses pieds, épuisé et tremblant. Mowgli le regardait avec un sourire bienveillant.

« Ce n'est pas une plaisanterie », lâcha sévèrement Gisborne. « L'homme va peut-être en mourir.

— Il ne va pas mourir. Il a juste peur. Il n'avait pas besoin d'aller faire un tour. »

Abdul Gafur gémit et se releva, en tremblant de tous ses membres.

« C'est de la sorcellerie ! De la sorcellerie et de la magie noire ! » sanglota-t-il, en se fourrageant la poitrine avec la main. « À cause de mes péchés, j'ai été fouetté dans les bois par les diables. Tout est fini maintenant. Je me repens. Prends-les, Sahib ! » Et il tendit un rouleau de papier sali.

« Que signifie tout ceci, Abdul Gafur ? » demanda Gibsorne, devinant à l'avance ce qui allait suivre.

« Mets-moi dans la *jail-khana*[1]... Les billets sont tous là... mais enferme-moi en sécurité, pour que les diables ne puissent pas me suivre. J'ai péché contre le Sahib et son sel que j'ai mangé, et n'étaient ces maudits démons des bois, j'aurais pu acheter une terre là-bas et vivre en paix jusqu'à la fin de mes jours. » Il frappa son front à terre, en proie au désespoir et à la mortification. Gisborne tournait et retournait le rouleau de billets. C'était son traitement

1. Prison.

accumulé des neuf derniers mois... le rouleau qui se trouvait dans le tiroir avec les lettres de chez lui et son sertisseur à cartouches. Mowgli regardait Abdul Gafur, en riant tout bas par-devers lui. « C'est inutile de me remettre sur le cheval. Je rentrerai lentement à pied avec le Sahib et ensuite, il pourra m'envoyer sous bonne garde à la *jail-khana*. Le Gouvernement me condamnera à plusieurs années de prison pour ce méfait », déclara le maître d'hôtel d'un ton maussade.

La solitude dans le *rukh* modifie bien des points de vue sur bien des choses. Gisborne dévisagea longuement Abdul Gafur, se rappela qu'il avait été un bon serviteur et qu'il faudrait rompre un nouveau maître d'hôtel aux habitudes de la maison dès le début, que ce serait au mieux un nouveau visage et une nouvelle voix.

« Écoute, Abdul Gafur, dit-il, tu as commis un grand tort, et tu as perdu totalement ton *izzat*¹ et ta réputation. Mais je sais que ça t'a pris subitement.

— Allah ! Je n'avais jamais convoité les billets auparavant. Le Malin m'a attrapé par la gorge pendant que je regardais.

— Je veux bien te croire. Alors va ! rentre chez moi, et quand je reviendrai, j'enverrai un courrier apporter les billets à la Banque et nous n'en parlerons plus. Tu es trop vieux pour la *jail-khana*. En outre, ton petit monde est innocent. »

Pour toute réponse, Abdul Gafur sanglota entre les bottes d'équitation en cuir de vache de Gisborne.

« Il n'y aura pas de renvoi alors ? » demanda-t-il dans un hoquet.

« Nous verrons. Cela dépend de ta conduite à notre retour. Remonte sur la jument et rentre doucement.

— Mais les démons ! Le *rukh* est plein de démons !

— Ne te fais pas de souci, mon petit

1. Honneur.

père. Ils ne te feront plus de mal sauf si, c'est vrai, tu n'obéis pas aux ordres du Sahib », dit Mowgli. « Auquel cas il n'est pas impossible qu'ils te raccompagnent à la maison... par la route du *nilghai*. »

La mâchoire inférieure d'Abdul Gafur se décrocha alors qu'il rajustait sa ceinture, en regardant Mowgli avec de grands yeux.

« Ce sont ses démons ? Ses démons ! Et moi qui pensais rentrer et blâmer ce sorcier !

— C'était bien pensé, *Huzrut*[1], mais avant de creuser un piège, il faut s'assurer qu'il soit assez grand pour que le gibier tombe dedans. Tout à l'heure, je pensais juste qu'un homme avait pris l'un des chevaux du Sahib. Je ne savais pas que son but était de me faire passer pour un voleur devant le Sahib ou bien que mes démons t'auraient tracté par la jambe. C'est trop tard désormais. »

1. Éminence.

Mowgli interrogea Gisborne du regard, mais Abdul Gafur s'empressa, cahin-caha, de se hisser sur le dos de la jument et de décamper sans demander son reste, les sentiers forestiers renvoyant l'écho des branches qui se brisaient sur son passage.

« C'était bien pensé », déclara Mowgli. « Mais il va retomber encore une fois, sauf s'il s'agrippe à la crinière.

— À présent, il est temps que tu m'expliques ce que tout cela signifie », répondit Gisborne sur un ton un peu sec. « Qu'est-ce que c'est que ces histoires de diables et de démons ? Comment peut-on mener des hommes d'un bout à l'autre du *rukh* comme du bétail ? Donne-moi une réponse.

— Est-ce que le Sahib est en colère parce que je lui ai sauvé son argent ?

— Non, mais il y a dans tout cela un truc qui me déplaît.

— Très bien. Écoute, si je me levais et qu'en trois enjambées je m'enfonçais dans le *rukh*, personne, pas même le

Sahib, n'arriverait à me retrouver sans que je le veuille. Pas plus que je n'ai l'intention de faire ça, je n'ai l'intention d'expliquer quoi que ce soit. Sois un peu patient, Sahib, et un jour je te montrerai tout, car si tu le veux, un jour nous courrons le chevreuil ensemble. Il n'y a absolument aucune diablerie dans tout cela. Il se trouve juste que je connais le *rukh* comme un homme connaît la cuisine dans sa maison. »

Mowgli parlait comme s'il s'adressait à un enfant impatient. Gisborne, éberlué, déconcerté et fortement agacé, ne répondit rien, mais il fixa le sol et réfléchit. Quand il releva les yeux, l'homme des bois avait disparu.

« Ce n'est pas bien », dit une voix calme provenant d'un fourré, « pour des amis d'être en colère. Attends jusqu'à ce soir, Sahib, quand l'air se rafraîchit. »

Ainsi livré à lui-même, comme planté en plein cœur du *rukh*, Gisborne jura, puis éclata de rire, remonta sur son cheval et poursuivit son chemin. Il rendit visite à la cabane d'un *ranger*, jeta un rapide coup d'œil à une couple de nouvelles plantations, laissa quelques ordres au sujet d'un carré d'herbe sèche à brûler et se mit à la recherche d'un endroit où camper, un tas de pierres éclatées grossièrement recouvertes d'un toit de branchages et de feuilles, pas très loin de la berge de la rivière Kanye. Le crépuscule était tombé quand il arriva en vue de son abri où passer la nuit, et le *rukh* se réveillait à la vie silencieuse et féroce de la nuit.

Un feu de camp tremblotait sur le monticule, et le vent apportait l'odeur d'un excellent dîner.

« Hum !, se dit Gisborne, en tout cas, ça vaut mieux que de la viande froide. Bon, le seul homme qui soit susceptible d'être ici, c'est Muller et, officiellement, il est censé inspecter le *rukh* de Changamanga[1]. Je suppose que c'est pour cela qu'il est sur mon territoire. »

1. À cinquante miles au sud-ouest de Lahore, loin de la forêt de Gisborne.

Le gigantesque Allemand, qui était le chef des bois et forêts de l'Inde toute entière, *Ranger* en chef de la Birmanie à Bombay, avait l'habitude de voleter comme une chauve-souris, sans prévenir, d'un endroit à l'autre, et de surgir précisément là où on l'attendait le moins. Sa théorie était que des visites surprises, la découverte d'un manquement et un reproche oral à un subordonné valaient infiniment mieux que de lents échanges épistolaires, qui se terminaient toujours par une réprimande écrite et officielle — susceptible de desservir, des années après, un agent des forêts dans sa notation. Comme il aimait à l'expliquer : « Si che barle à mes gars comme un prave tonton, ils tisent : "Ce n'était gue ce sacré fieux Muller", et ils font mieux la brochaine fois. Mais si mon gros lourtaud de glerc égrit et tit gue Muller leur inspecdeur-guénéral n'arrife bas à gombrendre et est très gontrarié, t'abord, za n'est pas pien, et ensuite, le fou gui fiendra abrès moi, il bourra tire aux meilleurs de mes gars : "*Mein Gott !* fous afez été gourmantés par mon brédécesseur". Che fous dis gue toute leur histoire de cuifre, za ne fait pas pousser leurs arpres. »

La grosse voix de Muller sortait de l'obscurité derrière le feu, alors qu'il était penché au-dessus de son cuisinier préféré. « Bas audant de zauce, esbèce de fils de Bélial[1] ! La zauce Worcester est un gondiment et bas un fluide. Ah ! Gisborne, fous arrifez bour un pien maufais tîner. Où est fotre gamp ? », et il s'avança vers lui pour lui serrer la main.

« Je suis mon campement, *sir* », répondit Gisborne. « J'ignorais que vous étiez dans les parages. »

Muller examina la tenue soignée du jeune homme. « Pien ! C'est très pien ! Un chefal et guelgue chose de froid à mancher. Guand ch'édais cheune, c'est gomme za gue che faisais mon gamp.

---

1. Démon cité dans la Bible et régnant sur l'Orient.

Maindenant, fous allez tîner afec moi. Che suis allé au gartier guénéral bour gombléter mon rabbort du mois ternier. Ch'en ai égrit la moidié... ho ! ho !... et le reste, che l'ai laissé à mes glercs et che suis fenu me bromener. *Der* Gouvernement ravvole de ces rabborts. Che l'ai tit au Fice-Roi à Simla ».

Gisborne rit *in petto*, car il se rappelait toutes les histoires qui circulaient au sujet des conflits de Muller avec le Gouvernement suprême. C'était l'enfant terrible et chéri de tous les bureaux, car il n'avait pas son pareil comme agent des forêts.

« Si che fous drouve, Gisborne, assis à fotre bungalow à gouver des rabborts bour moi au suchet des blantations au lieu d'aller faire un tour à chefal dans les blantations, je fous fais muter au peau milieu *der* Désert de Bikaneer[1] bour *le* repoiser. Les rabborts et le babier mâché,

---

1. Grand désert indien du nord-ouest, dans le Rajasthan.

za me rend malade alors que nous afons du bain sur la blanche.

— Il y a peu de danger que je perde mon temps sur mes comptes rendus annuels. Je les déteste autant que vous, *sir*. »

La conversation prit ensuite un tour professionnel. Muller avait des questions à poser, et Gisborne des ordres et des conseils à recevoir jusqu'à ce que le dîner fût prêt. C'était le repas le plus civilisé que Gisborne ait mangé depuis des mois. Quand il s'agissait de s'approvisionner, la distance ne pouvait constituer une excuse dans le travail du cuisinier de Muller, et ce repas servi en pleine nature commença par de petits poissons d'eau douce à la diable et s'acheva par du café et du cognac.

« Ach ! » finit par dire Muller, en poussant un soupir de satisfaction alors qu'il allumait un *cheroot*[1] et se renversait

1. Cigare.

dans sa chaise de camp usée. « Guand che fais des rabborts, che zuis liprebenseur et adhée, mais ici, dans *der rukh*, che zuis blus gue chrétien. Che zuis aussi baïen. » Il roula voluptueusement le bout du *cheroot* sur sa langue, laissa tomber ses mains sur les genoux et regarda droit devant lui, scrutant le cœur sombre et mouvant du *rukh*, plein de bruits furtifs : des brindilles brisées qui craquaient comme le feu derrière lui, le soupir et le bruissement d'une branche que la chaleur avait courbée et qui se redressait dans la fraîcheur de la nuit, le murmure incessant du courant de la rivière Kanye et la basse continue des plateaux herbeux et grouillants, à perte de vue, jusque derrière un renflement montagneux. Il tira une grosse bouffée de fumée et commença à se réciter du Heine[1].

« Oui, c'est drès pien. Drès pien. Oui, che fais des miragles, et, *mein Gott*, ils

1. Heinrich Heine (1797-1856), poète allemand.

réuzizent. Che me soufiens de l'ébogue où il n'y afait bas de *rukh* au-dessus des chenoux, d'ici aux lapours, *und* bar sécheresse tout du long le pétail mancheait les os du pétail mort. Maintenant leurs arpres sont refenus. Ils ont édé blantés par un lipre-benseur, barce gu'il sait chuste gue les causes protuisent leurs effets. Mais les arpres ils afaient le gulte de leurs anciens dieux. *Und* les dieux chrétiens hurlent très fort. Ils ne bourraient pas fifre dans le *rukh*, Gisborne. »

Une ombre bougea sur une route muletière, bougea et surgit à la lueur des étoiles.

« Ch'ai dit frai. Chut ! Foici le Faune en bersonne gui fient foir *der* inspecdeur-guénéral. *Himmel*[1], c'est le dieu ! Recartez ! »

C'était Mowgli, couronné d'une guirlande de fleurs blanches qui marchait en s'appuyant sur une branche à moitié

1. Ciel !

écorcée – un Mowgli se méfiant du feu et prêt à s'enfuir dans le fourré à la moindre alerte.

« C'est un de mes amis », dit Gisborne. « Il me cherche. Ohé ! Mowgli ! »

Muller n'eut pas le temps d'ouvrir la bouche que l'homme était à côté de Gisborne et s'écriait : « J'ai eu tort de partir. J'ai eu tort, mais j'ignorais que la femelle du tigre qui a été abattu au bord de la rivière s'était réveillée et était partie à la recherche du meurtrier. Sinon je ne serais pas parti. Elle a suivi ta trace depuis l'autre côté du *rukh*, Sahib.

– Il est un petit peu dérangé », dit Gisborne, « et il parle de toutes les bêtes d'ici comme s'il était un de leurs amis.

– Pien entendu... pien entendu. Si le Faune ne sait bas, qui bourrait safoir ? » dit Muller gravement. « Gue dit-il à brobos des tigres – ce dieu qui fous gonnaît si pien ? »

Gisborne ralluma son *cheroot*, et il n'avait pas fini de raconter l'histoire de Mowgli et de ses exploits, qu'il lui brûlait les poils de la moustache. Muller écouta sans l'interrompre. « Za n'est bas de la folie », finit-il par déclarer, quand Gisborne eut décrit le rabattage d'Abdul Gafur. « Za n'est pas du dout de la folie.

— Alors qu'est-ce que c'est ? Il m'a planté là, sur une saute d'humeur, ce matin, parce que je lui avais demandé comment il faisait. Je ne peux m'empêcher d'imaginer que ce type est plus ou moins possédé.

— Non, il ne s'achit bas de bossession, mais c'est fraiment édonnant. Normalement, ils meurent cheunes... ces chens-là. *Und* fous dites que fotre foleur de domestigue n'a bas dit ce gui afait bris son chefal, *und* pien entendu, le *nilghai*, lui, ne boufait bas barler.

— Non ! Mais que Dieu me confonde ! il n'y avait rien. J'ai écouté et j'ai pu entendre un tas de choses. Le taureau et l'homme sont simplement arrivés la tête la première, fous de frayeur. »

Pour toute réponse, Muller dévisagea Mowgli de la tête aux pieds, avant de lui faire signe de s'approcher. Il avança comme avance un chevreuil sur une piste suspecte.

« Il n'y a aucun danger », dit Muller dans la langue du pays. « Donne ton bras. »

Il fit courir sa main jusqu'au coude, le palpa et opina du chef. « C'est bien ce que je pensais. Montre-moi ton genou maintenant. » Gisborne le vit palper la rotule et sourire. Deux ou trois cicatrices blanches au-dessus de la cheville attirèrent son attention.

« Ça, ça t'est arrivé quand tu étais très jeune », dit-il.

« Oui », répondit Mowgli dans un sourire. « Ce sont des gages affectueux de la part des petits. » Puis il s'adressa à Gisborne par-dessus son épaule : « Ce Sahib sait tout. Qui est-ce ?

— Ça viendra après, mon ami. Et maintenant, où sont-*ils* ? » demanda Muller.

Mowgli dessina un cercle de la main au-dessus de sa tête.

« Vraiment ? Et tu peux rabattre le

nilghai ? Écoute ! Voilà ma jument dans son enclos. Est-ce que tu peux la faire venir jusqu'à moi sans l'effrayer ?

— Si je peux faire venir la jument du Sahib sans l'effrayer ! » répéta Mowgli, en élevant légèrement la voix, un ton au-dessus de la normale. « Quoi de plus facile si on délie ses entraves ?

— Détachez les piquets à la tête et aux pattes », hurla Muller au groom. À peine étaient-ils arrachés que la jument, une immense bête noire d'Australie, releva brusquement la tête et dressa les oreilles.

« Attention ! Je ne tiens pas à la voir filer dans le *rukh* », dit Muller.

Mowgli se tenait immobile face au feu flamboyant. Il ressemblait à cette divinité grecque que les romans décrivent à profusion. La jument hennit, leva une patte arrière, se rendit compte que ses entraves étaient défaites, se dirigea aussitôt vers son maître et laissa tomber sa tête sur sa poitrine ; elle transpirait légèrement.

« Elle est venue de son plein gré. Mes chevaux font la même chose », s'écria Gisborne.

« Regardez si elle transpire », déclara Mowgli.

Gisborne posa la main sur le flanc moite.

« Ça suffit ! » dit Muller.

« Ça suffit ! » répéta Mowgli, et un rocher, derrière lui, renvoya ses paroles.

« C'est plutôt étrange, non ? » dit Gisborne.

« Non ! c'est chuste merfeilleux... apsolument merfeilleux. Et bourtant, fous ne safez pas, Gisborne ?

— Je dois avouer que non.

— Alors, che ne fous dirai rien. Il dit qu'un chour il fout mondrera ce gue c'est. Ce zerait gruel de ma bart de fous le dire. Mais ce gue che ne gombrend bas c'est gu'il ne zoit bas mort. Maindenant, égoute, toi ». Muller se tourna face à Mowgli et se remit à parler dans la langue du pays. « Je suis le chef de tous les *rukhs* du pays de l'Inde, et par-delà l'Eau Noire. Je ne sais pas combien d'hommes sont sous mes ordres... peut-être cinq mille, peut-être dix. Ta tâche c'est de ne plus errer de-ci de-là dans le *rukh* et de ne plus ramener des bêtes par jeu ou pour en faire parade, mais de prendre du service sous mes ordres, moi qui représente le Gouvernement dans le domaine des bois et forêts et qui vis dans ce *rukh* comme un garde forestier, de chasser les chèvres des villageois quand l'ordre n'a pas été donné de les laisser paître dans le *rukh* et de les admettre quand l'ordre en a été donné, de tenir en respect comme tu sais le faire le sanglier et le *nilghai* quand ils commencent à être trop nombreux, de dire au Sahib Gisborne quand et où les tigres se déplacent, et quel gibier il y a dans les forêts, et de systématiquement donner l'alerte quand il y a un incendie dans le *rukh*, car tu peux donner l'alerte plus vite que n'importe qui d'autre. Pour ce travail, tu recevras chaque mois une rémunération en argent, et à la fin, quand tu auras femme et bétail et, qui sait ? des enfants, une pension. Quelle est ta réponse ?

— C'est justement ce que je... » commença Gisborne.

« Mon Sahib m'a parlé, ce matin, de ce genre de service. J'ai marché toute la journée seul pour réfléchir à la question, et ma réponse est prête : je servirai, *si* je sers dans ce *rukh* et aucun autre, *avec* le Sahib Gisborne et personne d'autre.

— Il en sera ainsi. Dans une semaine, l'ordre écrit arrivera qui engage l'honneur du Gouvernement pour la pension. Après ça, tu installeras ta cabane à l'endroit que te désignera le Sahib Gisborne.

— Je m'apprêtais justement à vous en parler », intervint Gisborne.

« Che n'afais bas pesoin gu'on me dise guoi gue ce zoit guand ch'ai fu cet homme. Il n'y aura chamais de garde foresdier gomme lui. Z'est un miragle. Che fous le dis, Gisborne, un chour fous le ferrez. C'est le frère de sang de chagune des pêtes du *rukh* !

— Je me sentirais mieux si j'étais capable de le comprendre.

— Za fiendra. Che beux chuste fous dire qu'une seule fois dans ma garrière, et ça fait drende ans de serfice, ch'ai rengontré un gars qui afait gommencé gomme a gommencé zet homme. *Und* il est mort. Barfois, on endend barler d'eux dans les rabborts de recensement, mais ils meurent tous. Zet homme-ci a fécu, *und* z'est un anagronisme, car il date d'afant l'Âche de Fer, *und* même de l'Âche de Bierre. Recartez ça : il est aux gommencements de l'histoire de l'homme... Adam dans son chardin, *und* maintenant nous n'attentons blus qu'une Ève ! Non ! Il est blus fieux que ce gonte bour enfants, tout gomme le *rukh* est blus fieux que les dieux. Gisborne, che suis un baïen désormais, une ponne fois bour toutes. »

Le reste de cette longue soirée, Muller le passa assis à fumer et à scruter les ténèbres ; ses lèvres remuaient en récitant à voix basse une théorie de citations et sur son visage se lisait l'émerveillement. Il regagna sa tente, mais en ressortit peu après, vêtu de son majestueux pyjama rose, et les derniers mots que Gisborne l'entendit adresser au *rukh* dans le profond silence de minuit, ce furent les suivants, déclamés avec force emphase :

« Nous changeons, on nous bare, on nous trape,
Mais z'est toi qui es noble, nu et andique,
Libidina fut ta mère, Briape
Ton bère, à la fois dieu et grec.[1]

Maintenant, che sais que, baïen *ou* chrétien, che ne gonnaîtrai chamais l'indérieur du *rukh*. »

Une semaine plus tard, il était minuit au bungalow, quand Abdul Gafur, le

1. Algernon Charles Swinburne, « Dolores ». Libidina est la déesse de la mort et Priape le dieu de la fertilité.

visage furieux d'un gris de cendre, se tenait au pied du lit de Gisborne et, à voix basse, s'efforçait de le réveiller.

« Debout, Sahib », bégaya-t-il. « Debout et apporte ton fusil. Mon honneur a disparu. Debout et tue avant que personne ne soit au courant ! »

Le visage du vieil homme avait tellement changé que Gisborne le regarda stupidement.

« C'était donc pour ça que ce hors-caste de la jungle m'aidait à polir la table du Sahib, à puiser de l'eau et à plumer la volaille. Ils sont partis ensemble, malgré toutes mes corrections, et maintenant il est assis au milieu de ses diables, entraînant son âme dans l'Enfer. Debout, Sahib, et viens avec moi ! »

Il mit d'office un fusil entre les mains à moitié réveillées de Gisborne, et le tira presque de la chambre jusqu'à la véranda.

« Ils sont là dans le *rukh*, pratiquement à portée de fusil de la maison. Viens tout doucement avec moi.

— Mais qu'est-ce que c'est ? Qu'est-ce qui se passe, Abdul ?

— Mowgli et ses démons. Et aussi ma propre fille », répondit Abdul Gafur. Gisborne siffla et suivit son guide. Ce n'était pas pour rien, il le savait, qu'Abdul Gafur avait battu sa fille les nuits précédentes et ce n'était pas pour rien que Mowgli aidait dans les tâches ménagères un homme que par son pouvoir, quel qu'il fût, il avait convaincu de vol. De plus, en forêt, l'amour va vite.

Ils entendirent le soupir d'une flûte dans le *rukh*, comme s'il s'agissait du chant d'une divinité sylvestre errante et, au fur et à mesure qu'ils s'approchaient, des voix qui murmuraient. Le sentier donnait sur une clairière semi-circulaire fermée en partie par des herbes hautes et en partie par des arbres. Au centre, sur un tronc d'arbre tombé, tournant le dos à ceux qui l'observaient, et le bras passé autour du cou de la fille d'Abdul Gafur, était assis Mowgli, coiffé d'une nouvelle couronne de fleurs, jouant sur une grossière flûte de bambou une musique sur laquelle dansaient solennellement quatre énormes loups sur leurs pattes arrière.

« Ce sont ses démons », murmura Abdul Gafur. Il serrait une poignée de cartouches dans la main. Les bêtes retombèrent sur leurs quatre pattes à la fin d'un long trémolo et restèrent immobiles, leurs yeux verts fixant la jeune fille.

« Regarde », dit Mowgli, en reposant sa flûte. « Y a-t-il dans tout ça la moindre raison d'avoir peur ? Je te l'ai dit, petit Cœur vaillant, qu'il n'y avait pas de raison d'avoir peur et tu m'as cru. Ton père a dit... et oh ! si seulement tu avais pu voir ton père traîné sur la route du *nilghai* !... ton père disait que c'étaient des démons et, par Allah, qui est ton Dieu, je ne m'étonne pas qu'il y ait cru. » La fille poussa un petit rire qui ressemblait à un gazouillis, et Gisborne entendit Abdul Gafur faire grincer les quelques dents qui lui restaient. Ce n'était plus du tout la fille que Gisborne avait aperçue dissimulée sous son voile et silencieuse dans le *compound*[1] ; c'était quelqu'un d'autre... une femme qui s'était épanouie en une nuit comme une orchidée fleurit en une heure de chaleur humide.

« Mais ce sont mes camarades de jeux et mes frères, les enfants de cette mère qui m'a nourri de son lait, comme je te l'ai raconté derrière la cuisine », poursuivit Mowgli. « Les enfants du père qui se couchait entre le froid et moi à l'entrée de la grotte quand je n'étais qu'un petit garçon tout nu. Regarde... », un loup leva son immense tête, en bavant sur les pieds de Mowgli, « mon frère sait que je parle d'eux. Oui, quand j'étais un tout petit enfant, lui, c'était un louveteau qui se roulait avec moi dans la terre.

— Mais tu as dit que tu es humain de naissance », roucoula la jeune fille, en se lovant tout contre son épaule. « Tu es bien humain de naissance ?

1. Enclos du bungalow.

— Je te l'ai dit ! Non, je sais que je suis humain de naissance, parce que mon cœur est entre tes mains, ma petite. » La tête de la jeune fille roula sous le menton de Mowgli. Gisborne retint par un signe de la main Abdul Gafur, que l'étrangeté de cette scène n'impressionnait pas le moins du monde.

« Mais je n'en étais pas moins un loup parmi les loups, jusqu'au jour où Ceux de la jungle sont venus me demander de partir parce que j'étais un homme.

— Qui t'a demandé de partir ? Ce n'est vraiment pas une façon humaine de parler.

— Les bêtes elles-mêmes. Ma petite, tu n'en croiras jamais tes oreilles, mais ça s'est bel et bien passé ainsi. Les bêtes de la jungle m'ont demandé de partir, mais ces quatre-là m'ont suivi parce que j'étais leur frère. Ensuite, je suis devenu gardien de bétail parmi les hommes, après avoir appris leur langage. Ho ! ho ! Les troupeaux ont payé leur octroi à mes frères, jusqu'à ce qu'une femme, une vieille femme, ma bien-aimée, m'ait vu jouer de nuit avec mes frères dans les récoltes. Ils ont dit que j'étais possédé par les démons et m'ont chassé du village avec des bâtons et des pierres. Et ces quatre-là sont venus avec moi en catimini et non plus au grand jour. C'est à cette époque que j'ai appris à manger de la viande cuite et à parler hardiment. Je suis allé de village en village, mon cœur adoré, berger de troupeau, gardien de buffles, traqueur de gibier, mais jamais un homme n'a osé lever deux fois la main sur moi. » Il se pencha pour tapoter l'une des têtes. « Aime-les toi aussi. Il n'y a ni mauvaiseté ni magie en eux. Regarde, ils te connaissent.

— Les bois sont remplis de toutes sortes de démons », déclara la jeune fille en frissonnant.

« Mensonge... mensonge pour enfants », lui répondit Mowgli avec assurance. « Je me suis couché dans la rosée sous les étoiles comme par une nuit noire, et je sais. La jungle est ma demeure. Est-ce qu'un homme a peur des poutres de son toit ? Est-ce qu'une femme a peur du foyer de son mari ? Penche-toi et caresse-les.

— Ce sont des chiens et ils sont sales », murmura-t-elle, en détournant la tête et en rentrant les épaules.

« Quand le fruit est mangé, on se rappelle la loi ! » déclara Abdul Gafur amèrement. « Quel besoin d'attendre comme ça, Sahib ? Tue !

— Chut ! Tais-toi. Tâchons de savoir ce qui s'est passé », rétorqua Gisborne.

« Les choses sont bien faites », poursuivit Mowgli, en passant à nouveau son bras autour de la jeune fille. « Chiens ou non, ils m'ont accompagné à travers un millier de villages.

— Ahi ! et où était ton cœur à cette époque ? Dans mille villages ! Tu as vu un millier de jeunes filles. Moi... qui suis... qui ne suis plus une jeune fille, ai-je ton cœur ?

— Sur quoi dois-je jurer ? Par cet Allah dont tu parles ?

— Non, sur la vie qui est en toi et cela me suffit largement. Où était ton cœur à cette époque ? »

Mowgli partit d'un petit rire. « Dans mon ventre, parce que j'étais jeune et que j'avais toujours faim. J'ai donc appris à pister et à chasser, à envoyer et rappeler mes frères à droite à gauche comme un roi commande ses armées. C'est pour ça que j'ai pu mener le *nilghai* pour ce jeune fou de Sahib, et la grande et grasse jument pour le grand et gras Sahib, quand ils ont mis en doute mon pouvoir. Il aurait été aussi facile de mener les hommes eux-mêmes. En ce moment même », sa voix s'éleva légèrement, « ... en ce moment même, je sais que derrière moi se trouvent ton père et Sahib Gisborne. Non, ne te sauve pas, car dix hommes n'oseraient pas avancer. Si je me rappelle que ton père t'a battue plus d'une fois, est-ce que je vais prononcer le mot et lui faire faire des cercles à travers le *rukh* ? » Un loup se releva et le poil de son cou se hérissa.

Gisborne sentit Abdul Gafur qui tremblait près de lui. L'instant d'après, sa place était vide et le gros bonhomme décampait dans la clairière.

« Ne reste que Sahib Gisborne », déclara Mowgli, sans se retourner pour autant, « mais j'ai mangé le pain du Sahib Gisborne et, d'ici peu de temps, je serai à son service et mes frères seront ses serviteurs pour rabattre le gibier et porter les nouvelles. Cache-toi dans l'herbe. »

La jeune fille s'enfuit, l'herbe haute se referma derrière elle et le loup qui veillait sur elle. Mowgli et ses trois suivants se retournèrent et firent face à Gisborne, quand l'agent des forêts s'avança.

« Voilà donc toute la magie », dit-il, en désignant du doigt les trois loups. « Le gros Sahib savait que nous qui étions nés parmi les loups, nous courons sur nos coudes et sur nos genoux pendant une saison. En tâtant mes bras et mes jambes, il a deviné la vérité que tu ignorais. Est-ce que c'est si étonnant que ça, Sahib ?

— À vrai dire, oui, c'est beaucoup plus étonnant que magique. Ce sont donc eux qui ont mené le *nilghai* ?

— Oui, comme ils mèneraient Iblis[1] si je leur en donnais l'ordre. Ils sont mes yeux et encore plus que ça pour moi.

— Alors, fais bien attention que ce jour-là Iblis ne porte pas un fusil à deux coups. Ils ont encore des choses à apprendre, tes démons, car ils se tiennent l'un derrière l'autre, si bien que deux coups suffiraient à tuer les trois.

— Ah ! mais ils savent qu'ils seront tes serviteurs dès que je serai garde forestier.

— Garde ou pas, Mowgli, tu as jeté la honte sur Abdul Gafur. Tu as déshonoré sa maison et noirci sa face.

— Pour ça, elle était déjà noire quand il t'a dérobé ton argent et elle est deve-

---

1. Djinn créé de feu, qui refusa de se prosterner devant Adam et qui peut être considéré comme l'équivalent de Satan dans le Coran.

nue encore plus noire quand il t'a chuchoté à l'oreille, à l'instant, d'abattre un homme nu. J'irai parler moi-même à Abdul Gafur, car je suis un homme au service du Gouvernement, avec une pension. Il organisera le mariage selon le rite de son choix, ou bien il sera contraint de déguerpir encore une fois. J'irai lui parler à l'aube. Pour le reste, le Sahib a sa maison et voici la mienne. Il est l'heure de retourner dormir, Sahib. »

Mowgli tourna sur ses talons et disparut dans l'herbe, en laissant Gisborne seul. Il ne fallait pas négliger le conseil du dieu sylvestre, et Gisborne s'en retourna à son bungalow où Abdul Gafur, rongé par la colère et la peur, délirait à voix haute.

« Paix, paix », dit Gisborne, en le secouant, car il semblait sur le point d'avoir une attaque. « Le Sahib Muller a fait de cet homme un garde forestier et comme tu le sais, il y a une pension à la fin et c'est le service du Gouvernement.

— C'est un hors-caste... un *mlech*[1]... un chien d'entre les chiens, un mangeur de charogne ! Quelle pension peut-on payer pour ça ?

— Allah le sait, et tu l'as entendu toi-même : le mal est fait. Tiens-tu à tout étaler aux yeux des autres serviteurs ? Empresse-toi de faire le *shadi*[2], et ta fille fera de lui un musulman. Il est vraiment charmant. Comment peux-tu t'étonner qu'elle soit allée à lui après les corrections que tu lui infligeais ?

— A-t-il dit qu'il me donnerait la chasse avec ses bêtes ?

— Il me semble que oui. En tant que sorcier, il est redoutable. »

Abdul Gafur réfléchit un petit instant, avant de céder et de hurler, en oubliant qu'il était musulman.

« Tu es brahmane. Je suis ta vache. Arrange toute l'affaire et sauve mon honneur, si tant est qu'il puisse l'être ! »

1. Un Impur.
2. Cérémonie en préparation du mariage.

Alors, Gisborne s'enfonça une seconde fois dans le *rukh* et appela Mowgli. La réponse arriva de tout en haut et sur un ton rien moins que soumis.

« Parle doucement », dit Gisborne en levant les yeux. « Il est encore temps de t'arracher d'ici et de vous chasser, toi et tes loups. La fille doit retourner dans la maison de son père ce soir. Demain aura lieu le *shadi*, selon la loi musulmane, et après, tu pourras l'emmener. Ramène-la à Abdul Gafur.

— J'ai entendu. » Il y eut un murmure de deux voix qui discutaient dans les feuillages. « Soit, nous allons obéir... pour la dernière fois. »

Une année plus tard, Muller et Gisborne chevauchaient ensemble dans le *rukh*, et causaient affaires. Ils débouchèrent, au milieu des rochers, près de la rivière Kanye, Muller un peu en avant. À l'ombre d'un fourré d'épines gesticulait un bébé brun entièrement nu et, dans les fougères, juste derrière lui, la tête d'un loup gris veillait. Gisborne eut juste le temps de relever le fusil de Muller et la balle fusa en crépitant dans les branches au-dessus.

« Fous êtes fou ? », gronda Muller. « Recardez !

— Je vois », répondit calmement Gisborne. « La mère est quelque part tout près d'ici. Vous allez réveiller tout le clan, *by Jove* ! »

Les buissons s'écartèrent une fois encore et une femme dévoilée saisit l'enfant.

« Qui a tiré, Sahib ? » cria-t-elle à Gisborne.

« Ce Sahib. Il avait oublié que c'étaient les gens de ton homme.

— Oublié ! Mais après tout pourquoi pas, puisque nous qui vivons avec eux, nous finissons par oublier qu'ils ne sont pas des nôtres. Mowgli est un peu plus bas, en aval, à prendre du poisson. Est-ce que le Sahib souhaite le voir ? Allez, sortez, ne faites pas de manières ! Sortez des buissons et venez saluer les Sahibs. »

Les yeux de Muller s'écarquillèrent de plus en plus. Il maîtrisa sa jument qui ruait et mit pied à terre, tandis que la jungle livrait quatre loups qui vinrent faire fête à Gisborne. La mère était debout, berçant l'enfant et les repoussant quand ils effleuraient ses pieds nus.

« Vous aviez parfaitement raison au sujet de Mowgli », déclara Gisborne. « Je tenais à vous le dire, mais je me suis tellement habitué à ceux-là au cours de ces douze derniers mois, que cela m'est sorti de l'esprit.

— Oh ! ne fous exgusez bas », répondit Muller. « Ze n'est rien. *Gott in Himmel ! Und* che fais des miragles... *und* ils finissent bar se réaliser ! »

Table

L'Inde sublimée de Kipling,
par Thierry Gillybœuf 7

Dans la jungle 17

Mise en pages PCA
44400 Rezé

Achevé d'imprimer sur rotative
par l'Imprimerie Darantiere à Dijon-Quetigny
en janvier 2010

Dépôt légal : janvier 2010
N° d'impression : 10-0015

Imprimé en France